張至廷吟遊詩集

吟遊輿圖

存在價值的追尋與辯證——我讀《吟遊・奧圖》

敘事詩（Narrative Poem）指的是以敘事作為主體的詩文本，無論是在於篇幅、體製，或者是風格上，都以陳述事件與人物言行為主，不同於一般的分行詩作，敘事詩的篇幅通常較多，經營上也側重於事件過程的發生結構；而「史詩」（epic）的特性往往以敘事為主，涉及的主題不僅是單一的事件或人物，多半是以重要的歷史事件、民族部落、宗教傳說作為描寫主體，其特點是背景龐大、出場人物眾多。因而史詩本身可以被看作是一種大型的敘事長詩，以歷史、神話傳說、民族或部落為敘述主體，並呈現作者的史觀與價值思維，而作者的敘事視野與敘事策略，就變成一首史詩主題、價值以至於藝術風格的重要核心。亦即是說，敘事史詩（Narrative Epic）就是以敘事做為詩作的主體，主題則是以前述的歷史、族群、傳說等作為描述對象，且涉及大量的實際或虛構的地理空間與器物年譜，是一種時間向度較大的敘事文本。

其實台灣現代詩中的長詩書寫，在簡政珍與蔣美華的論述建構下，隱然產生了一個脈絡可循，對我而言，長詩的書寫如果放在前述的脈絡中，其實可以發現幾種趨向，譬如陳克華的《星球記事》，屬於一種抒情高過於敘事的科幻長篇史詩，我的《新特洛伊。NEW TROY。行星史誌》則是敘事性高過抒情性，然而這兩類型的作品雖然都有敘事主軸與趨向，但實際上卻又不同於西方敘事詩的傳統，若要在台灣的現代詩中找到一個偏向於西方希臘悲劇與但丁神曲甚至於聖經詩篇的史詩性書寫，其實是相當不容易的。

張至廷的《吟遊・奧圖》是我初識他時期的作品，那時候我就相當驚訝，他居然能夠在習詩不久的情況下，寫出了〈奧圖行腳〉與〈吟遊詩囚〉兩首看似迥然相異，但內在哲思卻遙相呼應的長詩作品，只不過當時的我們，從來不覺得在台灣出版界的商業機制下，這兩首詩會有以紙本面世的一日。沒想到十五年後，因為出版形式的改變，我力勸至廷到秀威一試，便促成了出版此詩的契機。

我不打算在序中引用詩作任何一段，因為那是對這兩首詩的割裂，這兩首長詩應該是個自完整卻又相互互文的文本。克莉斯蒂娃（Julia Kristeva）首先提出「互文性」的觀念，其思維根源自巴赫汀所謂「眾聲喧嘩」的理論，認為任何獨立的文本都不自足，文本的意義來自於與此文本與他文本互涉對映的過程中誕生。因此任何文本都可以不同程度地互涉其他的文本，並且與其他的文本交相衍義。換言之，若你購買了這本詩集，你就可以透過對於這兩首長詩的閱讀，展開一段從先知對於生命存在價值的反思與歷鍊，進入到吟遊的現實沉澱，兩者看似無關的敘事，卻交相指涉著存在價值與現實世界之間的相互辯證，對於這本詩集的讀者而言，若您能如此行旅在至廷的詩作中，您將會得到從未有過的生命撼動。

而這就是悲劇的本質，這本詩集繼承的並非是中國敘事詩的傳統，而是在西方與印度的悲劇和史詩文本，拓出一條華語現代長詩的全新道路，奧圖在行旅中的生命追尋，與自我的存在辯證，其實就像是我認識的至廷，他自身的形象似乎就是奧圖的形象，那悲劇般的命運，似乎就是先知必須面對的自我矛盾。但〈吟遊詩囚〉卻讓先知睜開凝視現實的眼睛，掙扎於自身和世界的連結，面對愛情這個主題的辯證，希望自身能夠從精神的囚籠中脫離，將一種普世性的存在關懷，力圖透過詩作呈現，那不是宗教的救贖，而是自我的完成。

寫到這兒，本來是不想引用他的詩作，想讓各位自己去探索生命的旅程，但我還是忍不住去想各引他兩首長詩中的一段，作為結尾，那也是影響我這十五年來與他兩兄弟生命共振的段落：

旅人
我只是個貧困的學者
幾乎一輩子挖掘著
真理之塚　一回也不曾挖掘出什麼（〈奧圖行腳〉）

歸來，不解之歌
她便笑著掩住我的口

你一直在囚禁
也不斷在流浪（〈吟遊詩囚〉）

各位，去讀詩吧！讀詩之前，打開古典愛樂台，讓自己的背景充滿著一種崇高的悲劇美，你將會發現，在這本詩集中，你會找到一種身心療癒與安頓的力量。

新竹教育大學中文系副教授、後中生代詩人，
以及張至廷的投名狀兄弟　丁威仁

選擇一個我們喜愛的時刻降落

所以妳把記憶長在外面
讓風雨去腐蝕它
然而這些加強蝕刻的紋路
自己茂密茵草而豐饒

容我先行挪用或借用至廷大哥的詩句作為序的開始。記憶，或許可以回到我和大哥認識的那年——我的大學、青澀的寫詩歲月、逢甲理工轉中文——經由我的老師丁威仁認識了至廷大哥，時間約莫是在大二吧！至今，也有近十年的交情。雖不敢稱之為「莫逆之交」，卻也該是「忘年之交」了。在我自己求學的風雨路上，至廷大哥始終是一個難得的鼓勵與支持者，總是在你即將淋濕的那一刻，適時地為你撐起一把傘。至少至少對我而言，至廷大哥是這樣的一個人。

那幾年，我們交往甚密。喝著茶談學問（多半是我聽著大哥說）與生活瑣事、逛逛舊書店（多半也是大哥提醒我什麼書可買、該讀），以及在他家聽著他珍藏的西洋老歌，甚至將這些珍藏全部拷貝一份給我。現在回想起來，那段日子是Eagles、Chris de Burgh、Bob Dylan、Guns N'Roses、Queen、Air Supply、John Lennon與披頭四「眾聲合唱」的歲月。我想，至廷大哥並沒料想到這些歌後來的境遇，他偏愛Eagles〈Desperado〉的滄桑感，我卻愛上了〈I Can't Tell You Why〉；他偏愛Chris de Burgh〈Crusader〉的史詩氣氛，我卻愛上了〈Missing You〉、〈lady in red〉；他偏愛Queen〈Flash〉傳入耳朵時那震動無比的「心跳聲」，我卻愛上了〈One year of love〉；後來，聽John Lennon而創作的詩還得了教育部文藝獎。似乎，正是這些傳唱許久的老歌，使我曾經貧弱且無知的青春，有了一些足以浪漫的理由，當然還有一些薄薄的歷史感參雜其中。對，就是「境遇」！

如果你不是舟子那麼
我就是
把船渡來吧
我將渡你

我折服於至廷大哥的博學（雖然他總謙稱自己不學無術），而他的「博學」是建立在「傾聽」之上的。（幾年之後，我才知道這「博學」也建立在他年輕時的放蕩不羈）你就是會如此甘心地在他的面前暴露自己的脆弱，不管是學術或是生活的，他總像「吸音棉」那般，默默地吸收任何怨懟與嘆息，接著再還給你一個更柔軟更柔軟的東西，他會使你知道這世上仍有一點什麼具備著「存在的溫度」，一種不會使人燙傷的溫度。直到現在，雖然我們都是博士生，並且在同一個學校教書成為同事，但我卻還是懷念以前且珍惜現在與至廷大哥聊天的時刻。縱使多半事物都已遺忘，我仍記得說話的聲音，以及傳遞種種包含知識在內的溫度，那是對彼此誠懇的一種證明。也許，我能試著為至廷大哥的讀者訴說我所珍惜那種的感覺，請看：

奥圖　路是什麼

那裏是哪裏你要去哪裏這裏是路途麼

草原中沒道路麼草原不是路麼

凡你走就是路

你當忘記它
你需要的是旅程不是目的
最不需要的就是路
・
聽見麼

確實，我聽見了！但總是缺乏那麼一點點的「體會」，或許也無妨吧？至廷大哥想傳達的只是很簡單的道理——「世界的秘密就是世界」——卻往往使人陷入沉思。沒有什麼是稀奇的，但卻有另一些什麼是非常稀罕的，他總能「因地制宜」地跟你說，你身上有某些特質是相當珍貴的。再回過頭來看這段詩句，我想起梭羅，想起《湖濱散記》中描寫梭羅每天從木屋步行到湖邊沉思的那條小徑，在他離開了五、六年之後，他說：「那條羊腸小徑依舊清晰可見，顯見後人也理所當然的『蕭規曹隨』，好像只有這條路才能通到湖邊。怪了，為什麼不試著走出屬於自己的一條路？」（陳柏蒼譯，台北：高寶，一九九八）一如詩！詩中哲理，也經常在我們彼此聊天的時候出現，你得停頓一下慢慢思考咀嚼（這時他會抽著菸或喝著茶，陪著你思考一些事情），不必刻意跟著他的速度，因為他始終會等你。亦如詩！《吟遊・奧圖》並非一本可以容易輕鬆翻閱的詩集，你得給自己一些時間，也給文字一些時間，或許挑一個心情不甚煩悶的時刻，選在一個秋意涼爽的戶外咖啡店，眼可見自然之處，翻開第一頁，只要我們願意，「文字」所能給的絕對比我們所想像的還要更多。那是至廷大哥用文字所構築的自己的吟遊星球，有自身的陽光、空氣、水以及重力，我們當然可以選擇一個我們喜愛的時刻降落，不管何時，反正它（他）始終會等你。縱使、縱使你看至廷大哥表面上不在意且倔強地這麼說：

注意，最好的腳本容許
誰都可以隨時散場

但我想說的是「最好的腳本」，誰也都可以隨時回來，繼續當一個貼心的觀眾並且為此深深著迷……

大哥金口御封的青春知己　張日郡

四十多自絮

剛才與某人聊到了以往所作古典詩，道是思念，不免又手癢。後來另一個人說，我們能活過五十歲嗎？這樣的壓榨人生。

其實我常是閒人，幻想時間多過現實生活。年輕時節，想成就什麼都不成就，差不多都唱長門怨去了。冷宮日子寂寂，也暇讀了一肚子不通的書，寫字、畫圖、篆印、聽一整夜音樂，一項項都還專心致志，就是野狐禪，正果無緣。愛倣古也愛寫古，都不入流。卅前只是飄逐，卅後才讀大學，繼續飄搖。

小大一時，尤師就說我繞了好大一圈，終於「回來」，還說我可以收徒，但實在我最多就能賣野藥。恩師林師說我古文好，現在回頭才知這是鼓勵，不應是實評。淨行法師的佛學課常無預警喚我上台解大段經文給同學聽，原來我雖講得七零八落，總還比他濃重難懂的口音通俗。小大一原怕讀書讀不過人家，卻顯得好混。

後來韓師、永寶師、啟師、顧師又多所提獎，顧師還說我這麼好的學生少有了。於是我在塔裡更結實冥想起來，心裡覺得能以冥想當作現實真好。

但還是沒有就此一帆風順，停止飄遊。輟了兩次學後，還是回到大學了，另一個。我有兩個大學母校，自過的生活很不同，一個風發，一個沉潛。風發的讓我找到生命大致的方向，沉潛的才讓我下心考察道路的遠邁。到如今，我猶在我的兩個母校間飄移。學校的生活總會有個彼岸，雖然我不知道我會不會走到終點，或是又飄流了，這幾年來我漸漸證實了自己並不是個好學生，也不易真的成為好學者，但是冥想、幻想甚至是空想的生命形態總是這樣鑄住了。

說到頭來，我也是個壓榨的生命，只看不出來罷了。

二〇一三年十一月五日　張至廷

目次

．奧圖行腳Otto's Journey

▪吟遊詩囚

奧圖行腳 Otto's Journey

繭的生活第零

奧圖失戀了
真實的失戀能夠揭露生活的意義與無意義或者質詢
攤開來的奧圖是三十年來成串失敗的成果發表
失戀是對心靈之眼的猛烈叩擊也許
痛而緊鎖也許
從此喚醒
眼的惺忪靜待各種光源洗滌
柔和的炫刺的恆常的與跳盪的
眼說　我看不見
我所看見的世界不過一片貧弱的蒼白

・

奧圖

你必須找出這雖然唯一的一根絲的端點
用與之同等的距離解開它
這樣我便可以為你解答世界
心靈之眼眨著開闔如同唇語
奧圖其實明白這端點即是
他的聰慧
那專制冷酷的牢頭禁子

・

不被寵物著
這強而有力的牢頭牠嚴密地包圍奧圖
拉成一個繭
牠繞著奧圖嗥叫臠割著
牠嗜血的快感除非將被奪取

不願一口吞噬
奧圖不被其他勢力統率　牠的
牙齒尖利指爪強勁足可粉碎世界
當奧圖無奈地將自己調入孤獨的頻道時
牠就引他拍拍牠的頭
撫摸牠的頸項
告訴著保衛的決心牠的功績
並不再鑾割
讓孤寂慢慢釀造他的滋味
奧圖將牠咀嚼過
輕蔑地吐入陰溝的各種書本撿拾理平而
玷污的字跡不易辨識
牢頭禁子不曾遭逢敵手
總探出牠鋒銳的掌爪直取對方包裹森嚴的心肺
奧圖所能察覺到的大部分力量隸屬於

牢頭這禁子　也認為操控著所有奧圖
牠替奧圖抵禦著一切
將世界擊潰在外
牠將奧圖剝奪成彼此相依為命
牠是一隻攫著羊的羊鷹
昇入高空睥睨大地
在最高的孤崖上說著低估萬物的話

・

奧圖被保護得太周全
表情陷於高貴又
遭圈禁太久
虛弱不足以聯絡外界
牢頭有時需要費力鎮壓奧圖而
奧圖總頒給牠勳章
這禁子是功高震主的跋扈將軍

・
曾經奧圖得到一份關於突圍的研究報告
不是牢頭得以解讀的一堆亂碼
心靈之眼黯於牢頭繭縛的光線
對奧圖的提示極端模糊而沉默著奧圖
・
奧圖
帶著我流浪吧
我們必須縱入世界的漩渦並
靜止在其中心鬆解這纏人的繭
不斷往下滑瀉
即使深入地獄也不要貪戀家鄉
因為　你從未親自俯觸家鄉的泥土
然後我們可以得到與繭絲長度相同的距離
再沿著絲線攀爬回到家鄉

當你真正學會運用這條絲線時
便可以趁著風
帶你到達任何地方不被牠編織

・

奧圖失戀了
把心靈之眼戴成桂冠展開旅程
牢頭報怨連連地押解著牠的獵獲物咆哮
牠越來越感到心靈之眼無言瞪視的威脅
張牙舞爪的趣味性漸漸減低
疲累的同時
奧圖與牢頭覺到對方的乏味
心靈之眼漸增的明亮讓彼此的審視清晰
奧圖必須完成這段旅程

城市第一

奧圖離城了從索居的植物進化成遊歷的動物暫植的腦根雷達著新的土地
像被城門吐出的一口嚼爛的殘屑從原本以為的歸宿被擯落於隨意的方位
他變賣掉唯一剩下的一方古硯簡單的行囊與一把素面折扇大江南北去了
悲憐奧圖不知要朝向何方沒有一個方向不是一種迷思也不知尋覓些什麼
隨路去吧至少還能找著過路客的目的地探詢總是始於錯誤與荒謬的無助
渴望的神情儘回城跑奧圖拽著不同的方向只餘城市無數鋼條架設的生計
城市鎖住如同堆疊的朽爛微笑作揖寒暄告密出首旌表理論與正法架空著
奧圖說這正像是木框上張掛著的乾貨脫了水的死魚與干貝為何存在現在
城市是會老朽的魚一戶戶魚鱗要靠新漆的門楣來掩飾逐漸的腐敗與腥臭
奧圖說社會慘遭無窮的臠割人群竟能長久忍受這樣的酷刑解體終究虛妄

城門每天吞吐鮮嫩的菜色拔除的生長中斷的生命擠出過期的消化完的渣
奧圖想這是老朽的魚苟延殘喘的唯一生路活力存於城外並一直進城送死
馬路切割著地盤這又是一個地盤內裏用難以置信的不同顏色線條劃分著
奧圖認為人天生喜歡劃清界線以便跨越兒童劃著一方方格子不停跳格著
號誌留言板關防著時段許可證看號誌的人被呆立在三分鐘警戒線旁哮喘
奧圖從不戴錶與時間相互圈禁時間被分割便回頭用分割復仇這定義錯謬
狗的屍體與會過馬路的狗被同樣哀淒的語調告饒著好聰明或者真夠可憐
奧圖曾用制約寵物狗因此也被狗的制約制約制約還沒解除所以狗仍流浪
請維持秩序並推行禮貌秩序從議會裏發出一百四十分貝的強行表決通過
奧圖總是被投票權踐踏並維持著一般禮節領受踐踏結果禮貌變成一條蛆
禮貌血濺五步著慰留與聽從長官指示下一任的市長開始練習淺笑與飆車
奧圖說十多年來從不看報露著淺笑說怕沾油墨拿起十年前報紙代換人名
城市的笑容因股市的抽脂保持身材心臟病與高血壓有效地控制人口成長
奧圖掐指計算離婚率銀行超貸率與空屋率將它套入稅率得出犯罪成長率
男士打著鮮豔的領帶乞討溜街的熱鬧女士名牌著渾身狐狸著流行的尾巴

奧圖猜測性別不敷使用因人妖不以副牌設櫃販賣層出不窮世界是富有的
兒童負擔各種資訊謀殺技巧高超廣告破解著家族的權威經驗每天被勸退
奧圖沒有童年而童貞被自己支解後遺骸縫補完整用的正是電腦合成技術
時代炒著這鍋城市人芽在其中翻翻滾滾這股味道真別提了奧圖感到窒息
奧圖離城了城市太過擁擠幸福缺乏空隙申訴奧圖還不知道但奧圖離城了

溪流第二

天太熱了
所有的聲音都被蒸發乾淨
我們可憐可憐太陽自己才是最熱的
還好地球冷血至少表面如此
流著清冷的血液請掬一捧獻祭日輪吧

‧

（奧圖將頭埋進溪流裏探聽這大地的脈搏想要追索陸塊心跳的來源
魚兒在他耳邊細聲低語
你有鰓麼我願領你發掘一個亙古的秘密要隨我來麼
奧圖說

我沒有鰓
但如果是亙古的秘密我願隨你去
魚說當然當然不必懷疑

•

蹲踞之勢快要觸發
虎視一旁的牢頭禁子猛力掐住魚鰓爆出怒吼
可恨的騙子
心靈之眼安詳地說
這不過是餌罷了垂釣者總能把冷靜的鉤包藏在熱情的吻之中
奧圖
你當知曉世間沒有秘密可言更不會就隱藏在某處
世界的秘密就是世界
無處不在便不成秘密然而你一切不能破解
就一切是秘密如果你真能了解一事物
奧圖

你也就解讀了一切
世上再也不存在疑惑
不要隨魚去了雖然魚不能說出錯誤的話
而你也無法描述謬誤更何況真實
你還需要許多旅程最好注意充分養足體力

・

牢頭將魚烤熟退至左右
欣賞奧圖剔出魚骨優雅的指尖與綿密的細齒）

・

不曾見過的溪流沒有一次是相同的
河床的巨石　你永遠面對陌生
奧圖說
我的身體是另一種流體而滯重是成型的掙扎似的幻想
所以我放血流暢
樹

你是戀棧的溪流感情較河水凝重然而
在你葉脈印製的溪流其結局是相同的吧
也還是為我們留下樹蔭吧
這是我能與風及我的視界從容交談的客棧

・

牢頭說
這世界就是一場大變局
在變化之前你不會知道如何應對　你
只能信任我

・

心靈之眼說
沒有所謂的變化之前
信任也從不存在
應對則是虛幻的

•

牢頭說

你只是否定一切　但你是存在的　我　奧圖

難道不是

你會否定我的話　我知道

•

牢頭

你不存在

我並不否定你　因為

你不存在　我無法否定你　同時

我也不存在

牢頭

你真能掬一捧屬於這溪流的水施予我麼

我能看到這溪流是因為我善於說謊

•

至於奧圖

他也許存在

如同你看到這溪流但這存在的基礎是

也許

·

奧圖聽著這些對談

口裏飲著明澈的溪水冰涼沁入心肺

這感覺如此真實

僧侶第三

清晨的僧侶腳步一寸寸踢昇太陽昇起也是疲累的草葉霑著
太陽的汗水
僧侶的頭很亮
至少照耀著自己的腳尖
眼底閃出的光彩是昨日的餘暉
拄著一枝高過頭頂的竹笻
每一竿路都過於枝蔓
只有笑是不斷的

・

山道攀緣的不易蜿蜒著空虛的腸道
過了這水
也該把竹笻的新枝批削

・

僧侶嚼著竹笻朝發的嫩芽
休憩時　便種在土裏把腳
也一併埋進入定
僧侶的鬍鬚停止生長
草得著露水更形勃發
土中的腳則比根還不動
鬍鬚聞風而動　僧侶神情已經死絕
禪師曾言死絕非絕
袍袖也聞風起舞

・

這僧侶不是植物物化了這世界這世界物化了竹節
還被拄著一起日晷
午後的僧侶還未下戲
山道上幾天也難得一人
石頭也是這麼活過來的
山風一直吹
僧侶的活力全部寄託在鬍鬚與袍子
風停了　額頭也不見汗

・

樹葉遮著這毫無遮蔽的禿頭
野花香誓死不沾染
蟲認為該保持距離四寸以上

．

這些頗具道行的花與蟲
攜帶著高貴的頂禮商量著
為僧侶制訂全套膜拜儀軌

．

夜深的僧侶仍未下工
白天棲住在他影子下的雛鳥驚愕著月光栽進他懷裏
涼風摩著僧侶頭髮
一眼一眼的傷口如同戒疤
推敲著每一斷裂　計量根的深度

．

僧侶變成營火
戶籍設在此地的夜色第一次不感寂寞催促
夜鶯把歌唱得更美

•
清晨的僧侶
唯一不被露珠滋潤
醃漬　眼尾的乾裂布告著一種脫水的堅定
•
數日之後
僧侶一如過往釘在原地
竹筇的復活卻明顯地成癮地獨家氾濫起來
原本硬朗的竹筇將自己敕封成婆娑的舞影者長袖的
葉梢刮磨著光禿的頭皮
於是螞蟻開始在竹根構築巢穴由蟋蟀擔任建築師
鳥巢則每一個經螳螂現地勘查
•
竹筇料想流浪已經歸宿僧侶
終於定居

便把手掌長在腳底指端趕路緊這一握土
竹笻為囚禁這一握土
光鮮起自身碧綠得更嬌翠
儼然地方仕紳鎮日打躬作揖

‧

僧侶在彈跳的肉身上鐵石自己　鬍鬚
從來不張望　禿頂
也絕不派出頭皮打探
這僧侶沒有一點　味道　數日前的行路也未留一絲汗味
皂衣上的汗漬也無味

‧

奧圖自道上遇見
僧侶　伴他二個月餘來
所有風吹日曬雨淋儘像都他自己受了

・
左近飄落一朵木樨花僧侶
微微牽動嘴角那夜
長大的鳥與月色黯然搬家

・
僧侶開始腐爛
發出屍臭
蚊蠅趕來宴會　蛆搶在兀鷹前出席
整巢螞蟻歡呼好年冬

・
奧圖參照著野花與蟲的儀軌著作向僧侶膜拜一番
整好裝
繼續他的旅程

野店第四

野店的突兀使荒山的景致迷離或者
這是一個荒涼觀測站
其指數記錄想必穩定

・

屋瓦散落敗如秋荷
霉苔山水著壁垣壁垣　斷落
直敵山水跌宕沉鬱
長草夾道繁華
布招的餘瀝證實買賣曾經存在或者
曾被計劃

打掃的痕跡唯一不被荒涼攻陷
人跡進駐於野趣的包圍生存的
孤寒
推拒撫慰的宿醉
生活則是生命的調劑
・
客堂雕工精美的木器傾入侯門
板凳是青牛麒麟筷筒集著群龍無首樑則鶴唳雲端
主人斲著輪
其三十輻尚無型制
刻刀柄敲啄著腦袋
應和的腳步聲
扭回他的頭

（客人
你來了
我的第一位客人　打尖麼
告訴我
什麼樣的路途才能走停你
坎坷還是無聊

用餐吧
用這十七年孤獨的基調調製成的餐食
唉　是的
十七年的獨處　　不是的
我並非隱居
你以為這山是荒的麼
至少還有現在的對話
人不是隨時都社會的麼

•

莫作此問　客人
我的確是太社會的
為了稀釋生命中過於濃重的社會怕生命膠著固化
一次一次的搬遷以減少社會比例
要達於香醇可人之境然而
至今猶未成功

•

不是的
你並未擾亂我
相反的　你調製我寂寥的冷靜中讓人少思少慮但是寂寥
莫作此言　客人
我得好生思索你的出現帶給我什麼
是味覺的激發還是苦澀的反省
唉

容我試飲
唉　唉
世上儘有怪事
不可思議的生命每每加一太濃減一太淡
圓融終究是癡話

•

自便吧
我手巧至大千世界無不入刻然
靜思反照卻不能定讞　我
自斲輪　請自便吧

•

店家
你的手藝如此精奇
是否雕琢　生命
竟可以是精工的藝術品而引人讚歎

我卻是個無助的棄兒
無意中闖入十七年的疑團　苦惱
則是最精湛的技藝
我可以搖動安撫熱天氣的素面折扇卻不能觸動生命的一絲一毫稍做粉飾
來看這扇
我的生命像這扇
隨氣溫伸屈又空白無味　我
不知該塗上什麼可以精彩
又沒有良好工技塗彩它
我讓它無言然後謊稱它是清白的又辯說它是渾沌的）

・

店家持著輪轂不能奏下一刀
喃喃自語道

・

這原來

早就完成了一個輪

草原第五

如果你是巨大的能夠同鷹交談
任何一片屍骸不能逃過的鷹眼　草原
實是平疇
奧圖非常渺小　顛簸
不耐煩為他平息
牢頭嘲笑著迷途與心靈之眼的假寐
沒有遮蔭的
正午嗡嗡的陽光
以慈祥的慈藹轟擊著這稀有難得草原的

局外人

鋪蓋捲成母親的臂彎
奧圖緊貼著長草　藏匿
吸吮著大姆指
眼眶發澀濡著殘夢

•

（牢頭闖進夢裏將所有一切都搬空
夢裏的奧圖又回到這
草原　所有溫馨都不見
奧圖用盡第一聲啼哭的力道
奔馳　牢頭閑步附上
偶在眼前閃爍或
羈絆成學步的跌
太陽就在頂上
奧圖不知光明的方位　該至

發源的東方申請　還是
往目的的西邊補位

•

牢頭的尖爪與厲吼從來只對外界
有偷竊之嫌的
外界　之於奧圖則滅吳九術全用
牢頭將自己溶成奧圖的戀人
奧圖軟弱了
說她的指掌很是纖細
是啊就是這樣

•

又浮成母親的形象
奧圖哭了
牢頭懂得心碎的表情及關愛的姿勢
聲調卻還生硬

孩子
信任你的聰慧
運用你超卓的智力判斷一切
你將把世界囊括　你
要站在世界頂端

•

母親
我的生命就像現在座標的草原
該如何判斷出一條道路並且
能夠知道通往何方

•

牢頭禁子未曾回答
反將初夢粗寒的桌椅壁角一氣甩回　夢裏
奧圖回到了童年）

•
可惜奧圖沒有童年
一廠庫存的雨醇被夢的餘溫充分蒸餾完成大舉傾銷整批出貨
蔽敗的夢燼註冊成升級的煙霧等待下一次迷醉的交易
奧圖茫然在雨中　草原　陽光

•
草原失去切面是
面面俱到的全方位無擇
奧圖走了一程　野草
卻總著著相同制服
奧圖在草綠服的軍旅間正被開往不知所在
機密預示著悲涼定律
而圓周還是圓周
踩踏著泥塗顛簸也有一種柔軟
奧圖第一次清楚地體會到踞坐於圓中心的恐怖

・
奧圖
草原的雨不為消暑也不為阻滯活動更不為造就森林
雨將停了
要惦記你的水壺

・
心靈之眼說完
再度假寐
奧圖在雨中盡力仆跌草陣雨隊泥海
進行圍剿　各行其是
奧圖被夢境冷熱暫時擊昏了頭
牢頭只得疲軟身體只得選擇沒有選擇揮發體溫
無懈可擊的理論濕糊了組裝說明書
圓周定律感冒背誦不出
典型的本能健忘症

過些時候
本能消耗到達警戒線觸動保護裝置自動關機
奧圖頹然坐倒飲著苦水

・

月黑風高的夜裏
牢頭扒光了整碗理論
將定律乾杯
俯視著蜷臥著的孤寒的奧圖
旭日東昇的晨間
奧圖無助地張望
卻發現原來睡在草原邊緣然而
依舊不知前路

・

牢頭費神地口沫著每一條道路
研判井井有條

論述句句在理　甚至道前人所未道
奧圖實在贊同牢頭精絕的論點透闢的分析但
疑惑雖小五臟俱全而
心靈之眼說

•

奧圖　路是什麼
那裏是哪裏你要去哪裏這裏是路途麼
草原中沒道路麼草原不是路麼
凡你走就是路
你當忘記它
你需要的是旅程不是目的
最不需要的就是路

•

聽見麼

童眸第六

彈珠在水流邊上封建起來戰國起來三國起來軍閥起來
游移在濤濤的流域
閃動的光芒交錯著或者
撞擊　追擊　合擊　邀擊　還擊
滴溜溜的旋轉帶起沙塵
童子四五人眼瞳彈珠著
撞擊封建追擊戰國合擊三國邀擊軍閥還擊
幾抹笑交錯
童眸在族群的流行中興高采烈地戰亂開來
每一綻瞳眸都還彈珠

•

成人的彈珠很乾淨
絕無前科　因為
彈殼很便宜彈頭不回收
成人的眸子所以不彈珠只為
已傳承給了孩子在
濤濤的流域黃沙滾滾

•

沒有童年的奧圖不解彈珠的陣勢與戰局
飲著昨日的雨水
沉迷於珠子的攻防
眼珠計劃著彈珠的軌道
碰擊著彈珠牽引的眼珠行程
計劃是意外的前題
意料之中是意外的二度計劃

彈珠直覺地到處童眸
童眸圍困在童眸圈禁成的競技場
每一個戰將都是一把賭注
奧圖的瞳眸在中立區跑著
戲外的龍套　雖然
無補局勢他也被征戰著
他無法在同種的彈珠中區分
不同的陣營在同類的童眸中辨別
敵我的抗爭
童眸的緊張與不悅總還帶著八分笑意
被擊的彈珠也享受著一樣的寶愛

·

（兩顆彈珠前腳後腳雙雙滑入等待已久的溝圳就像
殉情的小男女
父母般的童眸

被潺潺低緩略帶磁性的流水聲集合　檢閱
結果半顆不少
奧圖望著流水
一顆顆烏亮圓實的童眸在水面浮移著
竟然自己的也是
專為攫取設計的臂爪還細弱得正在試用階段
奧圖暗自憂心著打撈的困難

•

一篷水花濺起了蕩開的嬉笑
兒童拾起彈珠順便互相踢擊著
昂起的水珠　童眸與笑

•

插曲過後
陣勢從新擺開　童眸
各自拉開不同架勢

再度布局對峙著　童眸
滾滾沙塵中
再度撞擊再度追擊再度合擊再度邀擊再度還擊再度
奧圖不知這是羅馬競技還是
封建還是戰國還是三國還是軍閥還是）

・

牢頭禁子瞅著　奧圖
微皺的眉峰越來越凝重的神態
禁不住說道

・

奧圖
你到底在想些什麼
這群童子只不過整著土場
正試著彈珠的軌道
而比賽與遊戲

・還未登場哩

池塘第七

這汪墨綠的死水真像老天呸的一口　濃痰
充滿病菌不甚健康
森渺的海包圍著陸塊便包圍著這水
為質
嬴政不過是個失寵的小孩池塘也以登革熱征伐
池塘裏其實生趣盎然只是
缺乏錦鯉金魚以及所有顏色乾淨的貴族
破敗的曲橋與殘荷的遺跡訴說著
錦鯉金魚以及所有顏色乾淨的貴族
錦鯉金魚以及所有顏色乾淨的貴族都成為時間流的弱者

水不流動
所以容易佔據
我們現在還說著成者為王敗者為寇
所以
錦鯉金魚以及所有顏色乾淨的貴族落草為寇順利三讀通過

・

（奧圖在池塘邊垂釣
撿妥的枯枝與小巧的營火在鬥毆中
霹啪對罵
奧圖與池塘倒是靜靜相視相敬如賓
奧圖還欣賞池塘
不可解的深邃
微弱的營火照著　奧圖
發現釣繩曳入自己的水中倒影
垂釣者的表情

身邊的心靈之眼與牢頭禁子並沒有水中倒影
水中的奧圖
絕對孤獨

•

你們
存在麼　還是我的幻覺　存在
如何可以被不存在左右　我想
你們存在的
而我們互相隸屬如影隨形為什麼我
不只是我而影子卻可以動搖我

•

奧圖
我是絕對的真實
我就是你的能力

沒有我　你只是白癡
不完整的白癡

•

奧圖
我是你
因為你還不是你
你也並不只是我們
你　還不知道你是誰然而
有一天你將把我們擦抹掉　我們
只是　你的畫像
一種莫名的古物而已
奧圖望著水中沒有別的影子的獨照與
上下二輪明月
水像不污濁）

・

月亮在這樣的死水中
映著　相同的銀白而
濃濃的濁水居民
早已自給自足
而且身體健壯聖躬康泰
絕不貧血

・

看樣子
奧圖今夜必須餓肚子了
奧圖一點也釣不到什麼

津渡第八

空無一人的渡口　風
也很徬徨　水波
只是輕軟揉著楞楞的岸
已然成就的木舟像個
搖籃閑適晃盪　竹篙
倒在舟裏長腿翹在外
如同打翻一船人後
鐵桶江山高枕無憂
沒曾見到的舟子是否也已覆滅

•

奧圖在這津渡苦苦等待
水有點輕鬆舟很閑適樹則慵懶
打完了水漂吃完了乾糧踱完了方步洗完了足
茫然的奧圖正睏倦
對岸終於渡來斷續的老者聲音
盡著駑末的一漂
匍匐上岸

•

（客官
過河麼　這水
夾著或許一樣的兩岸
這面的水草並不更為豐美而游魚
總往有餌的一方靠近

都是一般的荒野一樣的渡口
你還要渡河麼

•

長者
不拘如何我要渡河
彼岸永不知有些什麼甚或
沒些什麼而此岸
我亦不能明白有無所以我
想渡去探看或許
能夠知道些什麼吧

•

客官
在對岸你雖然擁有無知永不能卸下而
背負當中自有存身而
彼岸的未知並不抵押沒有擔保　未知

如果猛獸彼岸就是虎口而彼時
不知亦不可得而
一點也不剩下的你又將是誰
別過河了
未知是艱苦的

・

長者
不拘如何我要渡河
存在是一種負累而未知正是一種希望　舟子
卻不知哪去了

・

客官
你不知道存在也不知道不存在更不知道負累然而
你還存有一點希望
讓我告訴你吧

如果你不是舟子那麼
我就是
把船渡來吧
我將渡你

•

長者
我不會操篙不懂得渡船甚至
不知該如何安坐　船上
我需要人渡

•

客官　那麼會泅泳麼
船頭繫著一綑長繩足夠河寬
持著另一端為我泅來吧）

·

奧圖胸中亂繩隨著開展渡河的長繩鬆解
更加糾結緊鎖兩道眉像欲斷的繩
老者拉動繩索將木舟負載著一船空渡了過來
整頓好了長索在船頭繫了纜

·

躍入了河魚般地竄游到達對岸然後
走進樹叢裏

學者第九

圖書館的學識很豐富
每一本書都是一家百貨公司
其中特價品也是不少
學者腦中的圖書館館長是商會理事長
特別懂得行銷管理屯積居奇
因此生意暢旺服務周到貨源充足產品組合送者經濟受者實惠
學者學生很多門面夠大
多的是慕名而來參觀
出土的稀世奇珍
學者門生很少

出土的稀世奇珍隨便地佩掛不經意
敲著不響的平凡杯盤
學者有著各種不同的面貌與生活因為
面貌與生活從不能界定學者

・

奧圖來到充滿學者的聖城學者們
或窮或達或平常或怪異風度都謙遜
例行的參訪長時的交談深切的請益奧圖覺得
聖城真是學者集散地　奧圖說

・

（學者
學識的根源究竟是什麼
學識的目的在那裏為了什麼學識存在世間而
學識的終極呢

學識能夠涵概一切麼能夠解答一切麼
學識到底是什麼

・

旅人
我想你問的是所謂的真理吧
不妨自己到真理之塚尋找
像本城的居民一般
真理之塚從不禁人發掘然而
不論結果如何
你得將它重新埋妥保持德行）

・

奧圖來到真理之塚
掏井般地掘著鬆軟的泥土
想像真理的形狀想著
真理為何埋藏而不能複製出版行世

真理如果唯一應可館藏任人瞻仰

・

數月之後

足以坑殺全城大儒的泥團中

真理的遺跡依然不見心靈之眼說

・

奧圖

你認識真理麼

真理是什麼

如果你不知道又如何決定找到與否

放棄吧　現在

你已經陷入所挖的坑中了

繼續的挖掘只是更深的陷入世界在此

必須繼續了

・

於是奧圖離開學者聖城
用另一種發掘再次鏟動沒有目的的旅程而
城郊老農的閑話正像他所布施的釅茶
清冽地澆灌著奧圖發芽的心田

・

旅人
我只是個貧困的學者
幾乎一輩子挖掘著
真理之塚　一回也不曾挖掘出什麼
然而至少學會了
翻弄泥土　足夠種點雜糧生活　但
不能給你什麼建議
空閑時也還是到真理之塚掘著然而
我不知道也
真的不能給你什麼建議

少女第十

迷途的少女
純真清秀的臉頰寫著無助使
風姿增加一倍
深夜迷途的少女
尋求依靠與怕受傷害使
調性轉折韻味加深
十倍
・
少女趺坐火堆旁談著
旅途與脫隊落單談著

風景與世界的
無可留戀
奧圖的行囊沒有地圖僅有的
指標只是太陽月亮
誰又知道叢山的出路

．

他們的投契在於世界的真實陌生
取法卻有些兩樣少女說

．

（奧圖
不要領我走出山林
我要的
不是回歸也不是方向
我想要找一片好山水離開

•

少女
如同名字的無意義
既然是離開就只是離開總之是離開關乎哪一扇門呢
我們還未了解世界不當便就失望
誰能確知離開會更好呢
我正在探詢）

•

奧圖挈著少女遊歷著燦爛的山光水色
一個實踐旅程　一個尋找死地
當迷惘與絕望遇上愛戀時
便展開一場無可避免的沒有仲裁
與調解的征戰

•

奧圖的情緒好了些
將湖水點在緊閉的心靈之眼上開著無端的玩笑
少女溫存的眼眸中憂愁
似乎更甚眼瞳的晶瑩好像
快要破碎
象徵象徵象徵這
絕佳的景致不可描寫的
好山水正像徵著一種宣告
盡情的遊戲讓
夜的顏色展現一種強迫性的柔和
少女彷彿吞服著這種寧靜

•

（奧圖
別了　我的奧圖　你讓我留戀

這離情依依遠比拋離無情的世間更加美麗
不要為我堅持離開感到奇怪即使
我不能得到你但我還能失去你遠比
世界的不能獲得
沒有失去
來得真實
我不能永遠愛你即使
我是真實的
繼續走吧
我們絕不是彼此所要尋求的　我
終於從模糊中清楚體認結束）

・

奧圖將少女埋葬整個凋零的冬天
以思念度日
當春天準時地前來交班

遍野的繁花埋葬著墳墓
位址似乎是沒有痕跡了
奧圖折起一莖黃花
不能分辨與去年的不同之處
奧圖想起從前的戀人奧圖又開始了旅程
。

吟遊
詩囚

front

（詠歎調之一）

「你呵！非自願的自我囚禁者！
把宜於軟禁的四壁，
填滿書籍及你的畫作；
以為世界可以用精神來壯遊，
以為這個角落是遺失的世界之外；
卻替自己開了那麼多扇窗！」

•

「我愛女人，女人讓我傷痛；
我愛友誼，友誼令我孤獨；

我愛親情，『家』則是最巨大的拉扯；
是生活最偉大的諷刺家。
我愛『愛』，最終將來毀滅我！
昨夜，她甜軟的吻別對我痛下致命一擊。
也許該將『空虛』當作愛人
擁吻至天明；至少不會背離我。」

•

「愚蠢的自我囚禁者，
你錯把『空虛』當成敵人，
把『愛』視為盟友；你還以為你是
真實的，僅有、確定的『存在』。
朋友，『空虛』是鞭刺而『愛』是毒液，
一者讓你創痛，一者卻讓你迷醉；
創痛使你存在，而迷醉使你空虛。
朋友，你竟以為二者是相同的嗎？

錯了，這只是翻轉的皮襖：
一面光鮮，另一面黏滯你的皮膚。
因為你乏於皮毛的退化，
必需依著它，你的身體。」

・

「唉，哪裏去尋訪一個不是『愛』所構成的國度？
但我將因何而活？」

・

「朋友，當我呼喚你時，
切莫以為我是『存在』的。
『存在』是個無聊的把戲，
它只能給你宿醉的頭痛；
你應該將你的『魔』聖化，
更理直氣壯些！這樣
你的意志才可以獲得自由。

且讓『愛』與『空虛』充分揉合，
所產生新的性格將會是全能全知的。
讓你自己成為浸潤毒液的刺鞭，
那麼，你是無人能敵的，不可擊敗的；
你是金色的荊棘；
你是神，噬盡最甜蜜的創傷。」

•

「是一種修鍊嗎？然而當我超越了所有的
意義，我究竟還有什麼意義可言？」

•

「啊！你這傻子！
你渴求『意義』嗎？
你告訴我『囚禁』的意義吧！」

零、序曲・不解之歌

期限已經近了
日曆是真知的夢魘
人跡是時間被堅持成的理性

・

我的頭枕著壓扁空的外賣盒
鞋底綠的泥屑嚴重沾染泣笑
正好我的陰影有她白色的唇印
我們如何能夠靈肉合一呢？

（和歌之一）

冬季　意外地準時到來
而你被引誘而來，帶著引誘的味道
足跡解下，而我將要回到囚禁

一、期限已經近了

（紀行誌之一）

鎖國政策公布前的集體流亡海關
格外放鬆
且組團失蹤
於是我回身縫合她慣用的口白　白得紅紅
鬢邊斜插的白菊
她將為我經營一座
小巧優雅的墓園
墓誌銘刻劃她的脣記
我的足跡　甚至

一場性愛
而將留下多數空白
因我終須離開

・

足跡停頓的方向
即溶的告示牌正　立正立正
倒跨開腳

・

哪一次熙熙攘攘疲累
妳便埋下一顆紅豆
或在肩上　聳聳
告示的空頭
我不想要的檢察制度天天
天天被確立出來
還有誰不願回國

檢索條列紅豆在告示牌的夾層中
（像極了粉刺！）
發芽　那個關防印鑑
紅的　有些蓄意作舊

・

限期已經近了
這個國度不再對外通商
通商通行的走私
與走私繁榮的通商
表格印記不識字
不知識分子的掌紋
脣形代表紅顏
溝紋流通禍水
平坦的柏油路面市容很好很好
劇院散場後的遊魂

聚集在打不了烊的速食店中
合唱開場白
赭紅的脣印　傳著「愛之杯」
偶爾具體成形的人體
也來點餐　提著外賣盒出走
絕不停留　並有所告白
下水道黑頭鐵蓋偶爾竄出探頭探腦的蟑螂
踩腳的世代
不識字的蟑螂越來越少
家家戶戶掛上招牌
「禁止蟑螂及推銷員進入」
妳一步一步踱著衛星鎖定的足跡
地球與月亮的四面楚歌　方向何方？
妳跳胡旋舞
這年頭

人也要時時自轉　公轉
公民投票創制的新法規
年齡依法有遷徙的自由
聰明依法可以寫在臉上
羞恥可以申請抵稅憑證
（保養品、化妝品正被大量屯積）

‧

雲在氣象圖上老跨國界
黑頭粉刺既然不分國界與本季
流行的桃黃色一樣
（黃色租借給了桃花，妳怎麼說？）
她送我到國營偷渡機場
卻自願在上鎖的家門內流浪
世界從門開始國界
我們當然得掏出鈔票買通空氣

關稅表價重複Bingo!Bingo!
回扣與走私被寫成隱題詩載入憲法
刻在我所不知道的ＤＮＡ、ＤＨＡ、Ｄ叉叉Ａ等等等等
作為一種base的data
我是土生土長的陌生人　她說
其實　陌生正是本國特產
頭趴在她抽動的肩膀
於是　於是我的眉毛證悟了聳動的天性
・
多年之後，我曾回國探視她（當然偷渡），她聳聳肩，
我聳聳眉。

二、日曆是真知的夢魘

（紀行誌之二）

（一）情懷河流域

情懷河位於長江以北黃河以南東流入海西不知其極
故可說是無端傾瀉
她絕不會無端　但
誰又能清楚探究她的源頭
三十年後皇輿全覽圖加倍迷惘

．

流域遍布各種穀類作物區
各種由土地竄升的上天禮物

在不同的高度收割
有些地頭土地貧瘠　風水
不好　視野
可能也不佳　然而
照舊飲用此水維生

•

情懷河不依季節結冰
但封江之際
極度不宜穿越
她有的是堅硬的坎井
她水產富饒　可以發電
提供研究素材多至非常
其寬廣深遠　水資源無量豐沛

經歷種種地形種種風景種種格調種種風俗種種季候
遊歷最難停歇
水利工程尤其難以施展
這是一片有所主見的水
可以祝禱
不能引導

•

喜好前來洗浴的人們
可以常常改變命運
這是件比迷信還要真實的異聞

•

她也不可離俗地偶爾溺斃
幾具靈魂
軟弱疲憊的軀殼
但多數人總能盡興而返

有人每天派車前來汲水
回家飲取
但並不知曉
那離河的水早已失去神奇
更有些不懂生飲的人們
將之加以煮沸
於是情懷河特有菌種變得暴戾

．

經過考古考證及
浪漫派的副署　聲稱
幾十個世紀以來
情懷河匯集日趨廣闊

非主流派學者則指出
情懷河水位日減
頗有乾涸危機且
水質檢驗出污染

‧

幾個地質學家在勘查情懷河流域的水土保持時
被河水沖刷至永恆之後
幾個慣會望洋興歎的文人
在河邊搭蓋一個對泣的亭子
唸了幾通祭文
獻出了幾串嚴重缺貨已久的淚滴
幫幫情懷河流域增長些許的水位）

‧

立體畫派地圖上
這圈不屬於存在的背面土地

（紀行誌之三）

承載幾種與現實世界穀類相同流動
腔內的病蟲害
牠們在各自領域
履行著幸或不幸的一切
善規惡矩
和我對話
眾人以為我的冥想
分別駐在全世界各地
不同的根源
又讓他們成束背誦成束制伏
成束收割
他們不斷認為
繼續種植下一個
應當是最終的　冥想
便能準時豐年祭

不用日曆
也不須記下戰爭的日期

・

把汗水還給土地因為
你需要另一個循還
而不是冥想

・

病蟲害的部落嚴禁圈地貪得無厭
他們聽說一種叫作蝗蟲的外星球生物是文明失控的宇宙流浪狗
於是「法典」一詞的原始意義為
「二十五歲的結紮」
「冥想」　當然是反義詞的字根
我一面用鋤頭翻譯土壤的供給
項上人頭放牧違禁的冥想毒品我還
我還用冥想的矛頭

幫助土著抵禦外侮
敵人便盡禮稱謝而去
為了紀念我的功績
我到處詢問這可敬的日期
遍訪茫然與訕笑

・

我開始著手曆法編定
卻被祭司指為瀆神
根據神諭
日曆是真知的夢魘
永恆　在第一日死亡

・

當生殖發動革命時我正在各地考察人口
及文明的正反比
群居雖是這土地唯一被許可的個人行動

但同化又懸為禁令
主張生殖的都是花拳繡腿的第三四代
創業的老梟雄們多在身上刺字「生殖鑄造毀滅」這句文言文
譯成白話就是　毀滅即生殖
遺傳是薄弱的
病蟲害部落眼界越來越大
所以變薄
面臨著自噬的危機
主宰地界的「英雄盲從」出現
然而陽光是難以擄掠及佔領的
於是打造面積稍大一些的光環
宗教也就真的出現了
•
巨大的文明把我逼踢至自己的角落
我又用冥想麻醉自己

要學會倒立
這是舉起土地的唯一方法
而你正在飛也在打滾
你必然的頭暈是冥想的真髓

•

老梟雄們被埋藏的儀節
這公開的秘謀也須典雅
儘管墓中人與墓誌銘開放的纏鬥
正像兩條赤煉蛇交媾的蛇球
生殖極端殘暴
與進展的文化相互咬囓
不時撞出火星
卻是穀種長出結實纍纍的避孕丸早被
春情激素在每一次日落中充分澆灌

生殖製造出豐沛的遠古傳統文獻
這已經超乎我知識進化的極限了
・
離開後
我冷靜地思考
狐疑地將他們尚未發明的日曆
傳輸給他們
也屬於那土地的

三、人跡是時間被堅持成的理性

這座廢棄的城墟一共有三個
住或者過客是人
這輕度與重度精神分裂者乞討的對象
終於有一天是我
乞丐至少也是萬物之　之靈
唯一相對腫大的器官
在錯置另類病苦的或然率中致富
（脖子累了些　至少所求不多）
瘦而皺的肌膚所不能顯揚的樸素

（紀行誌之四）

總是致富的腦子還算太豐肥
所不是鬼扯的檢驗報告書
實在是一種高超複雜的專業咒罵
但這二或三個人才是世界廣大的
但是較接近真實的微小象徵
倘若如此
這也只是一種偶然的健康

・

陽光空氣水雖然絕不安靜
我還是規律地覺得吵
詭異的鐘樓強勁地振顫如死屍
跳脫邏輯的自體脈搏
輕分裂者說　是陰間拍發的電報
重分裂者說　秘密是你的體外脈搏
他們開始對我頤指氣使

（某日，他們分別表演一套雜耍，偽裝跛行，向樹林
乞討了幾顆蘋果；并挑一粒較小的給我。
輕分裂者朝我膜拜且祝禱：
「請接受我的供養吧！我累了！而你，是新的神跡。
該還的，都給你吧！」
重分裂者木然成純粹的表情說：
「你饑餓了，所以咬閤的力量大於地球質量。
地球的質量乘重力加速度約等於扯斷果蒂之力，
還不足以擊碎蘋果。
我們把力量藏在饑餓裏，再用食物消耗掉。」）

•

剩下的人跡是時間被堅持成的理性
除了相對分裂的某另一裂之外
我是最相對完整的人跡

住在鐘樓的第六天我發覺鐘也不知道為什麼不去死
第七天我又發覺鐘也不知道為什麼還活著

·

現在我該說說離開那座廢城的緣由了
時間大概有鬍子結成蜘蛛網那麼長
我被他們擊破鐘面的巨響驚醒
陳年凝得像醬油膠的漆黑
被不含色素的陽光刺死
陡潑進來的保育類空氣　很燙很燙
原來不是燙　那是水汽
本來存在此時
濕度參禪多年總算入定
所以我坐在針轉向前微突的軸上
將鐘面的刻度一舉拔除

在他倆一點也不規矩　整齊

或者劃一的鞠躬如也中

出城如也

•

今早，我在報上讀到一則奇怪的訃文：

「這下鐘也死了，謹此敬告鐘軸。

時針與分針歸啟」

四、我的頭枕著壓扁空的外賣盒

（紀行誌之五）

外賣餐最大的好處客人不必展示落幕
拉不拉上也罷
在隊伍中張望也或者癡等防彈櫃檯
後面高懸我們說是胃的味的偽的喂的攝影作品
有些餐點，的確是劇碼
這點，常跑龍套的餐盤最清楚
當吐掉一齣或一幕的臺詞
演員家裏的空調就必然失速
甚至　墜毀

於是他們重新討論新的腳本
舊或新的角色
他們擲骰子定方位
化妝化得很好不一定就定妝定得好
道具之考究不考究
決定劇情的進展方向　有時
舞臺省掉清場的手續更為寫實

·

寫就獨角戲最好不要獨幕劇
那誰都會演
如果加上拉幕員的對手戲
就變成了　新品種的
寫實魔幻
忙碌的剩下

觀眾入不入戲
也許加點的劇碼透露一二

・

我攜著外賣提盒到公園出內景
遺憾的是我也需要公共廁所
那冥想蛛網的中心點　假想
四散的動線畫出來
在另一個結點間的音符都被找出來
我必是最偉大的音樂家

・

必然有些間奏
寫著生命的間不容髮
寬綽的樂聲悠揚在我的指縫之外
因為我緊握的虛無尚未外瀉為實在
所以我之不敢張開手掌必然必然　必然
因為害怕指縫消失

公廁牆上未經修剪的臺詞
雖然頗具公信力
與齊名的浴室獨唱卻正好
不能複合成一齣歌劇
這是音符殘廢與劇本生病的表現主義

．

我正將我演過的戲試譜成曲當作戲的配樂專程演奏一番
或者，就在後臺獨自飲泣
讓攝影機自轉散落舞臺的空樂器
我豐富的旅費來自種種名貴樂器的販售
從舞臺散落的

．

攝影機被泡入福馬林後
我流浪

玻璃罐裏的攝影機與我
約定歸來
歸來擊破透明色偏的封緘
解放永生
而我的頭枕著壓扁空的外賣盒
清唱一首開場白

五、鞋底綠的泥屑嚴重沾染泣笑

（紀行誌之六）

（鑑於鞋底綠的泥屑嚴重沾染泣笑
實驗室的學者
大膽分之小心微米
依次化驗
並要求當地地質研究機構寄來各種
地域不同季節土壤樣本）

・

那漢子明礬打清一瓢水
罈裏一瓢瓢挖起

明礬　打清歡悅底的
白末　沉澱土的菁華
他將明礬滓濾出
水放牧土地攫取　他吞下
明礬澱粉
走出室外伸展枝葉自行
光合　於是
裸變得質料極佳

・

（載玻片與蓋玻片合什膜拜土地
祭品是
攝取天幕下的樣本
天幕下的樣本被
承載的土地平視著
收藏的一切色彩

（和歌之二）

蠕動的蛆蟲
以真理為食
並無時不啃齧著
無盡的神恩

・

神哪！與大地交合的最高歡悅
那貧瘠荊棘刺落的一滴血

・

潤澤的收穫，我們用冷冷的雪水
釀成流動的
最高潮！

・

模倣神哭泣
揮汗，甚至流血獻祭土地！
甚至諦視神的血肉）

那漢子弓起身骨
把力氣放進土中
白天撿拾的溫熱
注入土中
以免土地凍斃
為土地守夜為危險的
睡眠而無眠　因此
他的死純粹是儲存的睡眠
因此他微微脫下土地
裸成鏈狀反芻

•

（學者將化驗結果列成清單
夾附在離婚協議書底下
靜寞地咀嚼寧靜與落寞　然後

展開第二份業餘工作
刮下棄置在懷念角落
微微掀底的白色高跟鞋底的綠泥
斟一杯烈酒
同時背誦出成分及清單詳列的成分
和開來喝
他認得自己眼淚的味道
並化驗過
與常人無異皆
有某種不同特點）

•

那漢子作著吐納工夫
舒開全身筋絡
將他披散的長髮絲絲抖落　分批
附在每一陣風的衣袖

他蠕動著殘破的身軀
將四散的手足眼鼻等等
分別安置於較好的地形　然後
筋絡自然游出　繼續跳動
裸　非常自律

•

旱魃赤足涉過河邊的灘地
敲掉鞋底的夾泥
擦拭被汗水扭曲視線的眼鏡
卻仆倒在岸邊的泥綠

六、正好我的陰影有她白色的脣印

（紀行誌之七）

白色的窗臺彩色的視窗
片片的綠佔據一點點
大片的陽光
片成寫字檯一片地上一片
其餘篩進來的碎片
足夠沖泡一片早晨了

．

（——**光影**

為了逃避影子的糾纏

（和歌之三）

她不敢暴露在光線之下
　柔嫩的肌膚則更白皙了
她無助地被公認為最美麗的少女
所以影子總是好幾個
　　也擺脫不了

•

她自己的戀人被影子淹沒
漸漸不能清楚地望見她
　於是也漸漸影子起來了

•

她說光明世界是不好的
那是影子的培養皿
可惜她不自覺的處在
　完全陰影中了

她無法在這完全的陰影中
找到她的戀人
她的呼喚總有許多回音
　　她又閉口了）

・

女房東正孀居她的年輕貌美
我所編造一切荒謬矛盾的經歷
她於是一片片拼湊
完整再加一片還是
完整，這個我並不奇形怪狀
卻是另一種
完整，完美的
為了不致超乎完美的完整
我開始沉默度日

·（——片片

應我的要求
在我被車裂之後
把心掏出來
再同樣車裂一次
配至每一屍塊
這樣我可以放心
你分配到的任一個我
我會甘心）

·

孀居的女房東再也不能多得到一片
我，即使是假的

（和歌之四）

她於是將她的我枷框
還刻上刻度便於檢索每一片
為免散落，我曾偷偷潛入她的房間為我在四個框角密密加箍
還小心擦掉指紋
我刻意發覺在最適宜簽名的座標上
正好我的陰影有她白色的脣印
我將這個我不帶走的我拍照留念
真的假的我給她

·

（和歌之五）

——交錯

他們在湖面上刻意地製造漣漪
絞碎月光
倦了　將月影裁入交杯
交臂而飲
他們領取遠方漂來的雲雨

徹夜打磨成水晶球
由於魔法不熟練
只見到朦朧的臉

·

表情勾勒的生活
有多重的定向
他們在脈搏與心跳的落差中加入間奏

·

他們將殘留在枕上的髮絲
絞製成堅韌的船索
又補綴殘破的魚網以及編貝項鍊
他們極力捕捉每一盞笑容
與存在甕底的清淚
一層層交互疊起釀酒

記憶堆砌的生命
　有繁複的起伏
他們在明與暗的反差間劃上輪廓線）

一個一片不少的早晨
我發覺她少了第一片
她於是在為我整理窗臺時
多的一小片陽光令我不安
・
她於是將那框我嵌在我的穿衣鏡上
我卻陷到鏡中不見
從此，我每天早晨照鏡
陽光便被片片抽出窗外
・

（和歌之六）

——組合

大師扯動風爐
鑄一把絕世寶劍
其皮鞘早已製妥歷數十寒暑
沒有護手
用她的股骨為柄
吹毛所以不斷她的髮
只因還未開鋒
入鞘了　大師雙反手持著她的股骨
鋒由他的心臟正上方　飲入
入鞘了）

・

她一天天一片片減少
最後只剩勾邊

去年秋天，我被趕出
她說，孀居與我都已租約到期
這是計算我三十一片的等值租約
今年的三月二十日
我嚼著煙草
孤寂地度過三十二歲生日
無聊地取出曾被編造我的照片來看
左看右看
脣記的座標是（03,20）

・

我想，她對我也許不是一無所知的

・

（——**赤戀**

（和歌之七）

菸草的麻辣自舌下竄升
兵分兩路包抄我的舌根

凝集成兩條
具體存在的赤練蛇游游走走
喉頭抽噎著　欲以
蠕蠕的柔情按摩安撫這蛇們
蛇們扭動著暗紅滾燙的身軀
並緊緊擰著眉頭
蛇們既不攢動著喉
喉也非推擠著蛇

•

然而這種赤練
其實喉也未嘗不赤練
封緘於菸葉那些年的恨與遺恨長恨餘恨飲不盡的恨
與髏千尋在喉
吐也未曾吐的幽怨哀怨積怨拉開架式懷中抱怨
都糾結著自己的人馬

在內闉之中烏合起來
卯足了勁離間對方
喉搖曳著肥短的軀幹　說道
我們不挺勾結的麼？
蛇們不知該往哪裏沸騰去才好
直嚷著　去休去休莫道濃情好
喉便是蛇之不得已的
傳聲筒　就在呻吟聲中昇華
蛇的原罪一點點
然而不安的蛇信繼續撩撥著
喉的護癢是爆裂的咳
咳呀咳著咳也咳哉咳兮咳乎咳耶咳矣
震得赤練鬆鬆散散
喉頭自也緊了乾涸出一種
紅色的熱烈度量出戀愛的高溫

赤練藉著旱魃的傳說又還魂了
這土地原本生得有我
即使　墓誌銘也鎖不住我
水只為缺乏情意最不戀棧
甚不遭忌所以通暢無阻
不然則絕對不致乾涸
旱魃洗去污穢及戀練的赤色
極是灑脫　竟也五湖四海去了

•

喉頭伸了個懶腰
我吐出一渣無味的菸草）

七、我們如何能夠靈肉合一呢？

（詠歎調之二）

在這個缺氧的時刻中，愛人，
　我們不知覺間，把真實
滿溢出來，傾倒在彼此的
　空隙，生活非常地稀薄，
急似落地的孢子，沒有閑情。
　為什麼選擇這片森林？為什麼是
　這窪地？
向上拔起以便更加深入，是忙碌的。
　而不安於漂流，因為尋覓，

從來沒有把握。喘動，遂成為
　唯一而且必須是唯一的安慰。

・

密閉而明亮的空間中，愛人，
妳的香舌舔噬些什麼？
　我從妳的香舌品嚐我的味道，
我們將自己抹殺懷疑，那種與
真實相同味道的元素，餵養
彼此，這樣的腐黴，恰好足夠
繼續我們精神的殘軀，另一方面
才可以用理性等等加以補足，
　而呈現妳豐腴的美貌與我
英明的睿智。以及種種消沉、哀淒的
　資糧。然後，得以這般生活下去。

妳細滑的眼皮兒並不能閉鎖光害，妳知道。
　但妳正享受這種不顯一物的光源，
這當兒，連我深情的眼神也沒有。
於是，我所觸摹妳的胸膛，堅實地，
除卻妳的背脊，再也不與世界發生聯繫。
　盡此剎那，我的胸膛只是一切，
愛人，「妳」愛「我」嗎？
　然而，或許我願意妳從來不曾生有耳朵的。

．

妳始終閉闔的眼神，當然
　更甚於咖啡座中深邃的凝視。
是的，妳並看不清我的肉體，
即使赤裸，仍被精神以及妳的
渴望所包裹的肉體；但妳或許
　以為從眼瞼反射的視線能夠多少

看到我，或者穿透結構，遊歷。
　及其他種種功能都朗現，
而真正成為妳的愛人，妳成為我的愛人。

．

我們如何能夠靈肉合一呢？愛人呵！
　當我們相擁而眠，彼此進入對方
夢境相會，妳猜，誰會更羨慕誰？
　妳會發現，總有比較陌生的，
但卻都熟悉到不能割捨，有時候，
　妳會嫉妒妳自己，若我說，
那也是真正的妳呢？是的，
　除了肉體以外，我們都是精神分裂者；
並且對於真愛絕不忠實。

愛人呵！再讓我們緊緊相擁。
　若在此時，天地意外崩毀，
那正是我所奢望的，在我們成為
　遠古，被挖掘出來的化石，
假使還能激起一點浪漫的猜疑，
　這一付交纏的枯骨，無疑地
才見證了愛情的永恆。

（詠歎調之三）

•

（——悲哀的調情者

我對字句已然失去感受
　所有詩篇亦都殼脫
我以為製造血肉的腐壞
　就是追溯自然的遺跡
即使不能臻於永恆的騙局
　至少也有造物的精巧

　來告訴她
「這才是真正的妳！」

・

原來我所製造的她
　採取自她代謝細胞
　　還未消逝於風中之前
蒐集置入培養皿，說
「妳是活的！」
通過神經性的疑惑與熱望
　靈魂在不知不覺中複寫上去
是養在她身上我的寵物

・

　如果我們都知道真理
便不會發覺真相也不會產生

疑惑，熱望，可以享受神經
最末稍的擁抱與被擁抱

・

悲哀的調情者
擁有更完美的軀殼
她身體較具象徵意義的一部分
在靈魂被充分改寫後完成
所謂真理，無限，永恆，愛情

・

悲哀的調情者
當生命出現複影無法校準
而意義仍然堅固留存不滅之時

・

悲哀的調情者
你所謂的永恆就是真理的悲哀）

八、冬季　意外地準時到來

（詠歎調之四）

我的手，所開展的岐路
　重新碾過的生之欲，有些
在闢成田壞後，產生一個結點。
　沿著傳導神經往回溯，
那包覆著枯枝，穿透油脂的
　痛楚，生之前的欲
在輪轍旁邊綻放一朵朵譃笑；
　在我茫然回首之時，冬季
意外地準時到來。

我仍然在走，走在
充滿旁白的樹道，我可以
看到這條道路的，結束、盡頭，
並且構思著忿怒的謝幕辭。
什麼是忿怒？
我的視界完成了許多想像，
如我所踐踏的泥土，生出了穀類，
草地、木屋，及未曾認識的。
於是，我替自己削製一把驅逐惡犬的杖。
你以為我說盡頭是一場戲嗎？
盡頭是一場戲嗎？

・

手握的枯枝所塗鴉的臉譜，因為
表情及線條的種種歧路，

使我的面容怪了起來。人家說沒表情的。
　以及愁苦所生出來的不滿、忿恨。
幾道荒謬勾製成皺紋符號，
以及一道道懷疑垂覆下來包藏的地圖，
中間幾處豐饒的田疇，
　從同一向性極力抽取大地。

・

黃昏時候，杖的顫慄開始逐著
　惡獸。唉！
那只是一盞盞飄零的枯葉，
　被餘暉不斷拉長的身影……
你會說，他們是回到泥土，
　傷亡的士兵，並替大地佩戴的
動章？因此，牠們是惡獸！
　如同我們的血肉並非就是惡的本質。

杖凝視著自己的影子，

計量著自己的變遷，想像著

失去的生長及衰老的權勢。

揮打仍然佔有的空間，並說：

•

「我也就揮擊了時間，那空間

是有冬季的，唯一不能冰凍我的擊打。

昨天，我的思緒反反覆覆出現一個詞彙，『昨天』。

然而，可笑的是我早在時間的座標上迷失，

我也曾榮膺日晷的職務，毫不失誤地。

但我不知我的生日，甚至死期。

永恆，早就存在哪裏？」

當惡夜降臨時，樹叢、小草，至如可愛的
　野花，扮弄出許多惡獸的影像。
真是惡獸呵！如果不是神經的緊抽，
　為什麼我的肌肉賁起？預備抵禦
我得以抵拒的惡獸呢？我咒罵著
　忿怒四射的惡獸，詛咒樹叢、
小草，甚至野花的可愛、可親。
　可是，我也在惡獸的怒吼中安眠。

・

樹道的盡頭是一面光禿的石崖，
我棄了逐打惡犬的杖，
想要用手來攀爬。
但我回身拾起牠，
並將之負在背上。

・

（詠歎調之五）

（——**喪心病狂者**

該要如何才能明白
　火釀的汁液回流胸腔激盪奔亡
　　毫無節制地從各個方向出發
波濤以及漩渦神出鬼沒
　暗流，只是其中一種絞痛
當它們終於隨意找到出口
　躲避無奈自作的熱浪
帶著放逐者的悲憤流亡
　所謂浪漫或蒼涼的未知旅程
卻是淪為亙古的故意遺忘

•

不健康的可憐人不知在何時
　被完整地盜走藏著節奏的心臟
所以不能控制節奏造成

生命音符的傾軋、矛盾、脫節
以為他是錯亂的嗎？
　除非得以找回他自己的心

・

「既然你不要停泊在岸，
　駐足久遠的靜謐；
情願伸展肢體，拔起腳根。
　你當知曉，這是一段必須
詳加考慮的冰洋。

・

你必能仔細闡述那些
　露頭的礁岩；熟練的舵工，
這是顯而易見的。
　你必然明白，你的船底，
僅能觸及的暗礁。

毀滅以及，不毀滅。
　掌控方向的老舵工呵！
告訴我，最終的岸究竟在何處？
　你可知道覆滅而得以探知的歷史？」

•

不健康的人四處蓄意採收
　男人的心女人的心
並除了熟悉的部份全都棄置
　這樣他綴補了一個十分完整的
心。但他知道還少了些什麼，於是

•

　他向神父與巫師兜售這
聖潔而充滿甜蜜的心
　然而世間從來沒有足夠的財富
得以填充他滿是罅隙的胸臆

「既然你不要停留在岸，
駐足無盡的豐饒；
情願伸展肢體，拔起腳根。
你當知曉，這是一段必須
謹慎推敲的冷空。

•

你必能精確計算那些
陰晴的雲幕；勇敢的領航員，
這是顯而易見的。
你必然明白，你的羽翼，
對於亂流的觸感。

•

墜落或是，不墜落。
開發航道的飛行員呵！

告訴我，風的家鄉終究存在否？
　你可知道散落而得以聚合的意義？」

・

正當這個不死的狂人
正死心地準備承受永恆的哀痛
便把牧笛插入空蕩的心坎兒
而活了過來）

九、而你被引誘而來，帶著引誘的味道

（紀行誌之八）

片羽，墓誌銘鏟平
生平因不為人知無限
．
摑刀痕也都殘破
刻劃著亂蒼蒼的
　空白
刻意顯揚的事略
刻意毀棄的事跡
此時，尚未平息的交戰

將延燒至下一場
　歷史
・
（墓中人唱道
・
——**墓菊之歌**
・
不甘靜靜平躺在
　墳塋，斷碑的蒼古一如預期
夜裏，我辛勤地耕種長草蒺藜
　荒蕪，這般掩蔽
　白晝，且再淒厲些。
・
待我將路徑埋藏
將等待埋藏
然而，我所種植的白菊蒼蒼呵！

（詠歎調之六）

我不知你來自何方
　卻這樣容易滋長

・
讓我傷心你的飄零吧
但我欣喜於你的易於凋零
　與，來不及蒼古、孤零。）

・
誰寫墓誌銘來鏟動世界
鏟殘　墓中人可悲的殘軀？

・
誰殺了墓誌銘
將殘破的墓中人
從殘軀中解救出來？
莫不是良心未泯的盜墓人？

（和歌之八）

（我把生命改道推入永恆
或許歧路沒有太多景致
應邀一次劇院散場　是貴賓
直接擁有令人不耐的
預售散場門券

•

你也許來了
應觀眾的戲癮催拍這一齣
你需要觀眾需要你的觀眾需要你需要你的觀眾……
在散場之前把腳本修磨到最好
注意，最好的腳本容許
誰都可以隨時散場　因為
因為樂團的所有樂器既被販售一空
外賣提盒的空虛敲著節奏
像乾涸的河床

你以為是中場休息？
他們傳飲的大玻璃壺
並非濁酒　而是快要乾涸的
最後的河水
劇院已經龜裂
演員觀眾與觀眾演員
還在擠出最後一把氣力

•

你，正是劇評家
舞台上的觀眾絕非錯亂
請在上廁所時不要亂了台步
戲正上演是不禮貌的

•

當你領到散場門券
安心地走，劇評嚴禁攜出

從緊急逃生口溜出的人們劇評散落一地
他們總弄不懂劇評是劇院的頭皮屑
比重過大
大約，甚至有思考的重量

・

而你被引誘而來，
帶著引誘的味道）

・

走在枯骨的道上
枯骨已經漸漸安詳
一無表情，散落著安息
步步進入沉澱中的謎團

・

看來，天地也曾參與這場戰役
珍寶、敗骨排列著歷史與生死的
內在邏輯

墓中人必定是舊識，我
只把鏟平的神道碑仔細搨印鄭重收藏帶走。

十、足跡解下，而我將要回到囚禁

（詠歎調之七）

（——金色荊棘

荊棘，妳最幸運的
　莫過於鍍上的黃金純度不夠
每次的冶鍊妳必加諸一絲
　金黃色的懷疑則是一種錯愕
有深邃眼眸的夜，卻在妳
　夢迷時，清楚鑑識出來

可惜妳總在白天驚醒
用迷迭香光譜的波浪
洗滌著一回回不同環繞的空氣
彷彿上天派來的陽光是一種刺痛
妳便將一切扭曲至黃昏
妳還以為再度被擊昏是長刺的宿命

・

最後，妳竟能夠忍受各種季候
各種風雪，妳都幻想成黃金般的
冶鍊，也就是挺立著陽光吧
因為第一根嫩刺的灼痛
必需用數次的灼痛來減輕苦楚
用Hercules的力氣來征服
這象徵痛悔的路徑

所以妳把記憶長在外面
　讓風雨去腐蝕它
然而這些加強蝕刻的紋路
　自己茂密茵草而豐饒
當然這些掩蔽痕跡的軌道
　絕不露出一點兒傷痛的暗示

・

妳哭了，我的荊棘
　當再也不能忍受這片草場
不斷上演的獨幕悲劇
　妳看到了某些某些灼痛
各種歡悅的戰慄與他們的飄散開來
　孢子，也正是空氣灼燙的原因

蒸出來的第一滴淚
　沿著金黃色的懷疑流下
擊中土地的弱點，與夜的眉心
磬般的巨響震出山谷的回音
被喚醒的罪惡先後湧出
　久渴般地對妳盡情衝撞
並盡量地絞榨妳

・

妳痛嗎？我親愛的荊棘
　妳不能置信的天使正降臨
妳的身旁，也有迷迭香味以及
純金打造的光環以及
背上伸出兩叢柔軟的羽毛
　這可敬的神的忠實僕人說

「可憐的，極度扭絞的荊棘呵！
為什麼神創造了妳的如此醜惡？
渾身長滿蛇牙身披污穢的顏色
妳爬行在荒僻而貧瘠的角落
沒有美麗的同伴一齊過活
連貪婪的螞蟻也不屑啃噬
而腐朽之時也召喚不來兀鷹與蛆蟲
可憐的，極度乾瘦的荊棘呵！
奉神的旨意，我不能救贖妳呵！
盡我的心，賜妳一滴憐憫的淚吧！」

•

然而，我可愛的荊棘呵！
　妳缺乏教養的身段
至死也擺不出一個祈禱或
　或者懺悔的姿態

妳倒自然地擁抱過親吻
　耶穌收藏一切智慧的額頭
妳怎麼就如此極端的笨拙
　像是婉拒天使的慈悲
或者，妳竟惹惱了來自天上的慈悲

妳繼續啜泣，開始顫抖的荊棘
　妳金黃色的懷疑才會最先剝落
一絲絲，被暴烈的罪惡桀笑地揮耍
　類似的鞭痕裸露妳的肉體
純然的鍍金在肉體宿命中
　潰決並消蝕，於是記憶也被裸露
唉！其實在揭示者的眼中
　妳始終是裸體的

黃金與金黃色至多稍微閃刺眼眸
並不能阻住真實的視線

・

而，罪惡吃完足了黃金便遷徙
繼續流亡，妳害羞於裸體
金黃色的懷疑織成一件布衫
因此妳仍寄籍於那班黃金貴族當中
妳是少數不純粹被揭發的一個
我懷疑妳根本是個私生子

・

荊棘呵，可人的荊棘
純的黃金能夠阻擋花兒開放
妳總須小心命名美麗這種尖厲的刺
即使妳還有金黃色的懷疑鎧甲
最終為妳抵禦一切的卻是
確實是妳開花的那朵靈魂）

（紀行誌之九）

足跡卡死在時之間
畢竟成為關節
是時間曲線流動的
本然原理
覆滅，是交相征服的
最後手段

・

當指掌握力消失
雙臂便羽化為白色的翅膀
（呵！我想起了她純白的脣記。）
假若我飛昇地面

・

足跡解下，而我將要回到囚禁
其實也從未流浪
足跡陸續開拓的

世界　不斷鎖鍊起來
而我　總就是那一端
・
好重，這鎖鍊越來越長
也有幾處交纏
・
我尋遍各處鐵匠
沒有一個不是箍著鎖鍊工作
不敢鑿開鎖鍊
認為是有損道德
・
別怪他們吧
實在拖著鍊具操作
再強韌的肌腱也是

瘦軟無力
一如我更形蹣跚的腳步

・

也曾幾個退休的鐵匠
縱躍異常矯健
甚至能夠倒立散步
偽裝跛行　表演雜耍
待要絞碎鐵鍊
在重度分裂前的
輕度分裂
我猶豫了
怕斷了家鄉的路

・

這裂痕當中
翅翼雖然還未發芽

浮出片羽
但我向他們學習做個鐵匠
做自己的鐵匠
而他們自顧唱歌
唱不解之歌
銼磨我的說話
抓起鏽蝕的鑿鎚敲打
傾倒的鐵砧
鏽屑灰塵與蛛網於是
跳動著陣陣的魔舞
將我碎裂一次

•

歸來之時
她到機場掩護我偷渡入境
怕我引人注目

用她美麗的白色紅唇
引人注目　異常醜惡的
鎖鍊　解下一半急忙扣住我
原來，她的鐵鍊沒有重量
就像我決意墓誌銘終將留存的空白

・

她奇怪的看著我
問我流浪了什麼
我看著她鬢邊斜插的白菊說
歸來，不解之歌
她便笑著掩住我的口

・

你一直在囚禁
也不斷在流浪
。

（終聲）

附錄：奧圖（舞台劇版）

Otto

（人物：奧圖　牢頭禁子　心靈之眼　魚　學者　老農）

序幕　蒴的生活

奧圖　心靈之眼　牢頭禁子

Scene 1　城市

奧圖　小販、紅綠燈、看報紙的人、穿著貂皮大衣的女人、舉抗議牌的人、工人、公務員……

Scene 2　溪流

奧圖　魚　牢頭禁子　心靈之眼

Scene 3　草原

奧圖　牢頭禁子　心靈之眼

Scene 4　池塘

奧圖　牢頭禁子　心靈之眼

Scene 5　學者

學者　奧圖　心靈之眼　老農

續幕

奧圖　牢頭禁子　心靈之眼

序幕　繭的生活

奧圖　心靈之眼　牢頭禁子

（奧圖獨自坐在石頭上）

Voice in the air：奧圖失戀了。真實的失戀能夠揭露生活的意義與無意義。或者質詢。

攤開來的奧圖是三十年來，成串失敗的，成果發表。

奧圖：我的生活究竟是什麼？而生命，繼續得如此勉強。生命，是一種複合的詭計，一旦你沾染上了，就別想將她洗清……。一旦你失去了……縱使她原來並不存在，是生命內容的附加物，……你能說不是失去嗎？

（心靈之眼進場）

奧圖：啊！先生，你是誰？為什麼進入我的心靈當中？你如何能夠？你看來這樣的熟悉，卻又如此的模糊。你究竟是誰？

心靈之眼：我就是你的心靈之眼，奧圖。我時時在你左右，只因為你不常駐在心靈，你的眼睛長在皮肉之上，所以你，看不到我。

奧圖：真的嗎？如果你是我的心靈之眼，那麼，你為我看到了些什麼？

心靈之眼：我看不見！我所看見的世界，不過是一片貧弱的蒼白。你瞧瞧自己幹的好事，將我囚禁在這般厚實的繭牆裏，還要對我有什麼期望？

（牢頭禁子持著皮鞭掠進場中，桀笑著，不斷掠進掠出。）

奧圖：（指著牢頭）不是我！是他！是他！他就是我的思維，我的智識。

心靈之眼：（苦笑）他？他是你的跋扈將軍。如果不是你，他還會是誰呢？且不要管他是誰吧！奧圖，我們都在繭絲之中。聽我說，趁你還能自由進出的時候，找出這唯一一根絲線的端點，用與之同等的距離，解開它。這樣，我便可以為你解答世界。

（牢頭禁子持著皮鞭掠進場中，桀笑著，不斷掠進掠出。）

奧圖：牠，這牢頭禁子可不是一頭寵物哪！這強而有力的專制者嚴密地包圍著我，拉成一個繭。牠追求著血腥的快感，除非，你所看到的這個「我」，將被奪取，不會一口將我吞噬。

牠的牙齒極端尖利，牠的爪子非常強勁，足可粉碎世界。牠不曾遭逢過敵手，總是探出牠鋒銳的掌爪，直取對方防備森嚴的心臟。牠替我抵禦著一切，將世界擊潰在外。……看看我這孱弱的軀殼，既已遭圈禁太久，虛弱不足以連絡外界……

（沉默，牢頭禁子持著皮鞭掠進場中，桀笑著，不斷掠進掠出。）

心靈之眼：奧圖，帶著我流浪吧！我們必須縱入世界的漩渦，並靜止在其中心，鬆解這纏人的繭；不斷往下滑瀉，即使深入地獄，也不要貪戀家鄉。因為，你從未親自俯觸過家鄉的泥土。……然後，我們可以得到與繭絲長度相同的距離，再沿著繭絲攀爬回到家鄉。當你真正學會運用這條絲線時，便可以趁著風，帶你到任何地方，而不被牠編造……。

（牢頭禁子持著皮鞭掠進場中，桀笑著，不斷掠進掠出。）

（序幕完）

Scene 1　城市

奧圖

（背景是高樓林立的都會。奧圖背著行囊，無助地站著。小販、紅綠燈、看報紙的人、穿著貂皮大衣的女人、舉抗議牌的人、工人、公務員……來來回回走動。最後將奧圖推擠出場。）

（Scene 1 完）

Scene 2　溪流

奧圖　魚　牢頭禁子　心靈之眼

（奧圖走至溪流邊，跪地掬水，對著天空，高高捧起。）

奧圖：永遠照耀的太陽呵！請接受這卑微的獻祭吧。
這清澈的溪流或許不如妳的亙古、悠久，然而，她所經歷的歲月，卻已經足以讓我這短暫的生命，感到無限的驚奇，與神秘。

（奧圖跪地掬飲溪水，牢頭與心靈之眼站在兩旁。魚出場，手圈在嘴前，對奧圖做說話狀。）

奧圖：啊！這條美麗的魚，彷彿在對我說些什麼哩！

魚：先生，先生，你有鰓嗎？我願領你發掘一個亙古的秘密，要隨我來嗎？

奧圖：我沒有鰓。但如果是亙古的秘密，我願隨你去。

魚：當然，當然，不必懷疑。

牢頭：（衝出，猛掐住魚鰓。）可恨的騙子！

心靈之眼：這不過是餌罷了。垂釣者總能把冷靜的鉤，包藏在熱情的吻之中。奧圖，你當知曉，世間並無秘密可言，更不會就隱藏在某處。不要隨魚去了，雖然魚不能說出錯誤的話，而你也無法描述謬誤，更何況真實！你還需要許多旅程，最好注意充分養足體力。

（牢頭將死魚丟至一旁，冷笑。）

奧圖：不曾見過的溪流呵！你沒有一次是相同的。河床的巨石，你永遠面對陌生！樹！你是戀棧的溪流，感情較河水凝重。然而，在你葉脈印製的溪流，其結果是相同的吧！所以，也還為我們留下樹蔭吧！這是我能與風及我的眼界從容交談的客棧。

牢頭：這世界就是一場大變局，在變化之前你不會知道如何應對。你，只能信任我。

心靈之眼：沒有所謂的變化之前。信任也從不存在，應對則是虛幻的。

牢頭：你只是否定一切！但你是存在的。我、奧圖，難道不是？你會否定我的話，我知道。

心靈之眼：我並不否定你。因為，你不存在。而我也不存在。牢頭！你真能掬一捧屬於這溪流的水，施予我嗎？我能看到這溪流，是因為我，善於說謊。

（奧圖茫然地跪地掬飲溪水。）

（Scene 2 完）

Scene 3　草原

奧圖　牢頭禁子　心靈之眼

（心靈之眼閉著眼趺坐在草原中，奧圖疲憊地獨自走在草原上，牢頭忽然迎面出現。奧圖轉身便跑，甚至繞著心靈之眼以為掩蔽，但每一次都被牢頭追上，擋在他的面前。終於，奧圖仆跌在地上，蜷著身軀，可憐地望著牢頭。牢頭站定，戴上女人面具，奧圖坐起，哭了。）

奧圖：母親哪！這不是我親愛的母親嗎？

（奧圖抱住牢頭雙腿，牢頭也慈愛地撫摸他的頭。）

牢頭：（裝成慈母的聲調）孩子，信任你的聰慧，運用你超卓的智力判斷一切。你將把世界囊括。你，要站在世界的頂端。

奧圖：母親，我現在的生命，就像現在所在的草原。……該如何判斷出一條道路？並且，能夠知道通往何方。

（牢頭甩下面具，恢復面貌，並將奧圖一腳踢開。奧圖驚愕之餘，繼續行走，牢頭則緊跟在後。終於，又繞回了心靈之眼處，奧圖頹然坐倒。心靈之眼張開眼睛。）

心靈之眼：奧圖，路，是什麼？你要去那裏？這裏是路途嗎？草原中沒有道路嗎？草原不是路嗎？凡你走的，就是路，你當忘記它。你需要的，是旅程，而不是目的。最不需要的，就是路。……聽見嗎？

（Scene 3　完）

Scene 4　池塘

奧圖　牢頭禁子　心靈之眼

（靜夜，奧圖在池塘邊垂釣，看著水面。牢頭與心靈之眼在兩旁。）

Voice in the air：

池塘裏其實生趣盎然只是
缺乏錦鯉金魚以及所有顏色乾淨的貴族
破敗的曲橋與殘荷的遺跡訴說著
錦鯉金魚以及所有顏色乾淨的貴族
錦鯉金魚以及所有顏色乾淨的貴族
都成為時間流的弱者
　水不流動
所以容易佔據

我們現在還說著成者為王敗者為寇
所以
錦鯉金魚以及所有顏色乾淨的貴族
落草為寇

奧圖：看哪！我並非獨自垂釣。然而，水中的倒影卻只有我一個。水中的我，是絕對的孤獨。……你們（回頭看牢頭與心靈之眼），存在嗎？或者是我的幻覺？存在，如何可以被不存在左右？我想，你們存在的。……而我們互相隸屬，如影隨形。…為什麼我，不只是我，而，影子卻可以動搖我？

牢頭：奧圖，我是絕對的真實。我就是你的能力。沒有我，你只是白癡，一個不完整的白癡。

心靈之眼：奧圖，我是你！因為你還不是你。你也並不只是我們。你，還不知道你是誰，然而，有一天，你將把我們擦抹掉。……我們，只是你的畫像，一種莫名的古物而已。

（沉默。）

Voice in the air：

月亮在這樣的死水中
映著　相同的銀白而
濃濃的濁水居民
早已自給自足

看樣子
奧圖今夜必須餓肚子了
奧圖一點也釣不到什麼

奧圖：看樣子，今晚必須餓肚子了。……我什麼也釣不到。

（Scene 4　完）

Scene 5　學者

學者　奧圖　心靈之眼　老農

第一景

（學者聖城裏，到處是風度斯文的學者。舞台左首坐著一個老農，中間一個立著「真理之塚」碑石的土場右邊，奧圖正與一位雍容的學者交談。）

奧圖：可敬的先生，學識的根源究竟是什麼？學識的目的又是如何？為了什麼，學識存在世間？而，學識的終極呢？學識能夠含概一切嗎？能夠解答一切嗎？學識，到底是什麼？

學者：旅人，我想你問的，是所謂的真理吧？不妨自己到真理之塚尋找，像本城的居民一般。……真理之塚從不禁止人們發掘。然而，不論結果如何，你得將它重新掩埋完整。

（奧圖走到真理之塚，在碑石旁陳列整齊的土工器具中，抓過一把十字鎬，努力地挖掘。）

奧圖：真理為何埋藏，而不能複製出版？……真理如果唯一，應可列為館藏，任人瞻仰……。

（挖掘許久，心靈之眼出場，慢慢走近奧圖。）

心靈之眼：奧圖，你已經挖掘好幾個月了。你認識真理嗎？真理是什麼？如果你並不知道，又如何知悉找到與否？……放棄吧！現在，你已陷入自己所挖的坑坎中了。繼續的挖掘，只是更深的陷入。……世界在此，必須繼續了。

（奧圖放下十字鎬，茫然地隨著心靈之眼走著，走向路旁歇坐的老農。）

老農：旅人，天氣熱著，別只貪圖趕路，過來喝杯涼茶，歇一會兒吧！

奧圖：啊，老人家，多謝你，你真是好心。

老農：年輕的旅人，旅行不是一件快樂的事嗎？為了什麼你一臉的悶悶不樂？

奧圖：我不知道。我在學者聖城裏住了幾個月，會晤了許多大學者，挖掘過真理之塚，可是仍然一無所獲。……老人家，我從你優雅的氣度，與鋤頭旁邊擺放的幾本高深難懂的書籍，我想，你必定是個隱居的智者。……你能給我一些建議，一些指引嗎？

老農：旅人，我只是一個貧困的學者，幾乎一輩子挖掘著真理之塚，卻一回也不曾挖掘出什麼。……然而，至少學會了翻弄泥土，足夠用來種點雜糧生活。……空閒時，也還是到真理之塚挖掘著。……我，真的不能給你什麼建議。

（Scene 5　完）

續幕

奧圖　牢頭禁子　心靈之眼

（奧圖在前，牢頭持著皮鞭與心靈之眼尾隨在後。他們緩緩走至舞台前方，又背著觀眾，緩緩走入後台。）

（號稱全劇完）

要讀詩07　PG1098

要有光
FIAT LUX

吟遊・奧圖

──張至廷吟遊詩集

作　　者	張至廷
責任編輯	黃姣潔
圖文排版	詹凱倫
封面設計	陳佩蓉

出版策劃	要有光
製作發行	秀威資訊科技股份有限公司
	114 台北市內湖區瑞光路76巷65號1樓
	電話：+886-2-2796-3638　傳真：+886-2-2796-1377
	服務信箱：service@showwe.com.tw
	http://www.showwe.com.tw
郵政劃撥	19563868　戶名：秀威資訊科技股份有限公司
展售門市	國家書店【松江門市】
	104 台北市中山區松江路209號1樓
	電話：+886-2-2518-0207　傳真：+886-2-2518-0778
網路訂購	秀威網路書店：http://www.bodbooks.com.tw
	國家網路書店：http://www.govbooks.com.tw
法律顧問	毛國樑　律師
總 經 銷	易可數位行銷股份有限公司
	地址：231新北市新店區寶橋路235巷6弄3號5樓
	電話：+886-2-8911-0825　傳真：+886-2-8911-0801
	e-mail：book-info@ecorebooks.com
	易可部落格：http://ecorebooks.pixnet.net/blog

出版日期	2013年12月　BOD一版
定　　價	230元

Printed in Taiwan

國家圖書館出版品預行編目

吟遊・奧圖：張至廷吟遊詩集 / 張至廷著. -- 一版. -- 臺北市：要有光, 2013. 12
面； 公分. -- (要讀詩 ; PG1098)
BOD版
ISBN 978-986-99057-4-9 (平裝)

851.486 102022947

讀者回函卡

感謝您購買本書，為提升服務品質，請填妥以下資料，將讀者回函卡直接寄回或傳真本公司，收到您的寶貴意見後，我們會收藏記錄及檢討，謝謝！

如您需要了解本公司最新出版書目、購書優惠或企劃活動，歡迎您上網查詢或下載相關資料：http:// www.showwe.com.tw

您購買的書名：＿＿＿＿＿＿＿＿＿＿＿＿＿＿＿＿＿＿＿＿

出生日期：＿＿＿＿年＿＿＿＿月＿＿＿＿日

學歷：□高中（含）以下　□大專　□研究所（含）以上

職業：□製造業　□金融業　□資訊業　□軍警　□傳播業　□自由業

□服務業　□公務員　□教職　□學生　□家管　□其它＿＿＿

購書地點：□網路書店　□實體書店　□書展　□郵購　□贈閱　□其他

您從何得知本書的消息？

□網路書店　□實體書店　□網路搜尋　□電子報　□書訊　□雜誌

□傳播媒體　□親友推薦　□網站推薦　□部落格　□其他＿＿＿＿＿

您對本書的評價：（請填代號　1.非常滿意　2.滿意　3.尚可　4.再改進）

封面設計＿＿　版面編排＿＿　內容＿＿　文／譯筆＿＿　價格＿＿

讀完書後您覺得：

□很有收穫　□有收穫　□收穫不多　□沒收穫

對我們的建議：＿＿＿＿＿＿＿＿＿＿＿＿＿＿＿＿＿＿＿＿

＿＿＿＿＿＿＿＿＿＿＿＿＿＿＿＿＿＿＿＿＿＿＿＿＿＿

＿＿＿＿＿＿＿＿＿＿＿＿＿＿＿＿＿＿＿＿＿＿＿＿＿＿

＿＿＿＿＿＿＿＿＿＿＿＿＿＿＿＿＿＿＿＿＿＿＿＿＿＿

請貼
郵票

11466
台北市內湖區瑞光路 76 巷 65 號 1 樓
秀威資訊科技股份有限公司 收
BOD 數位出版事業部

(請沿線對折寄回，謝謝！)

姓　　名：＿＿＿＿＿＿＿＿＿＿　年齡：＿＿＿＿　性別：□女　□男

郵遞區號：□□□□□

地　　址：＿＿＿＿＿＿＿＿＿＿＿＿＿＿＿＿＿＿＿＿＿＿＿＿

聯絡電話：(日)＿＿＿＿＿＿＿＿＿＿(夜)＿＿＿＿＿＿＿＿＿＿

E-mail：＿＿＿＿＿＿＿＿＿＿＿＿＿＿＿＿＿＿＿＿＿＿＿＿